For Abuelito Juan and his love for playing dominoes every Sunday.

Melanie

To kids who love in all different colors.

Citlali

Amor de colores

Lil' LIBROS®

Published in the United States by Lil' Libros

ISBN 978-1-948066-06-8

Library of Congress Control Number
2021944811

Printed in China

First Edition, 2021
26 25 24 23 22 21   5 4 3 2 1
www.LilLibros.com

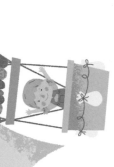
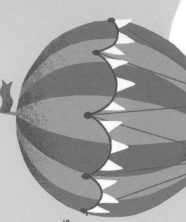

AMOR DE COLORES

By Melanie Romero

Art by Citlali Reyes

Lil' LIBROS

Love is full of colors...

Love is **red** like the swirls of
my favorite pan dulce.

El amor está lleno de colores...

El amor es **rojo** como los remolinos de
mi pan dulce favorito.

Love is orange like a naranja –
sweet, but a little sour at times.

El amor es anaranjado como una naranja,
dulce, pero un poco amargo a veces.

Love is yellow like corn
because it grows in bundles.

El amor es amarillo como el maíz
porque crece en manojos.

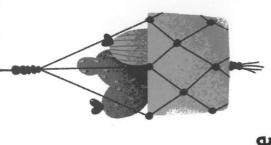

Love is green like a nopal because
sometimes its thorns hide its big heart.

El amor es verde como un nopal porque
a veces sus espinas esconden su corazón grande.

Love is blue like a healing ointment,
calm and gentle like a mother's touch.

El amor es azul como una pomada,
calmado y tierno como el toque de una madre.

Love is **purple** like a royal cape that keeps everyone warm and safe.

El amor es **morado** como una capa real que mantiene a todos calientitos y seguros.

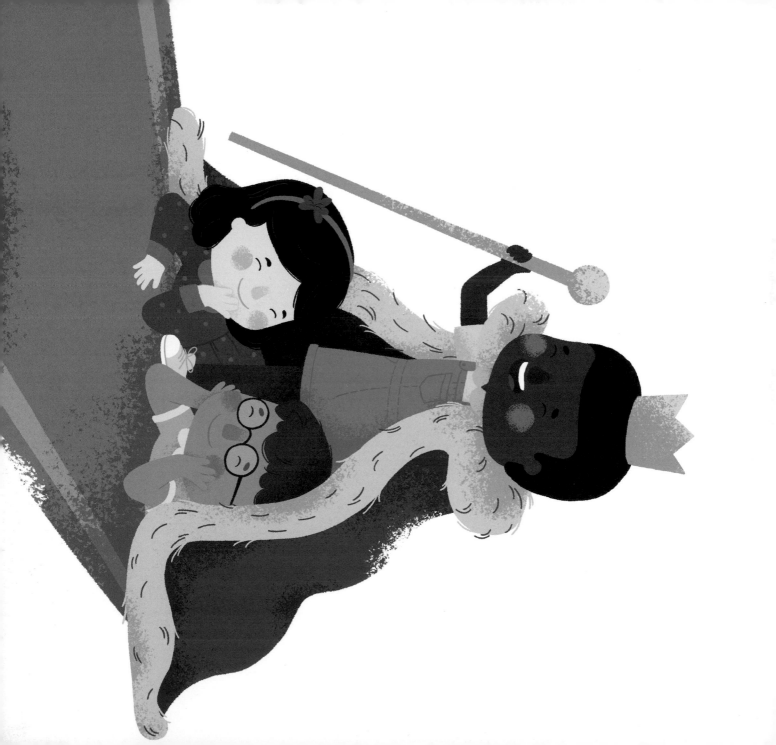

Love is **pink** like an eraser because it's okay to make mistakes.

El amor es **rosa** como un borrador, porque está bien cometer errores.

Love is **brown** like a delicious homemade atole that feeds our tummies.

El amor es **café** como el atole casero, delicioso y alimenta nuestras barriguitas.

Love is **black** like the little dots
found on Abuelito's dominoes
on a lazy Sunday morning.

El amor es **negro** como los puntitos que se
encuentran en las fichas de dominó de Abuelito
en una perezosa mañana de domingo.

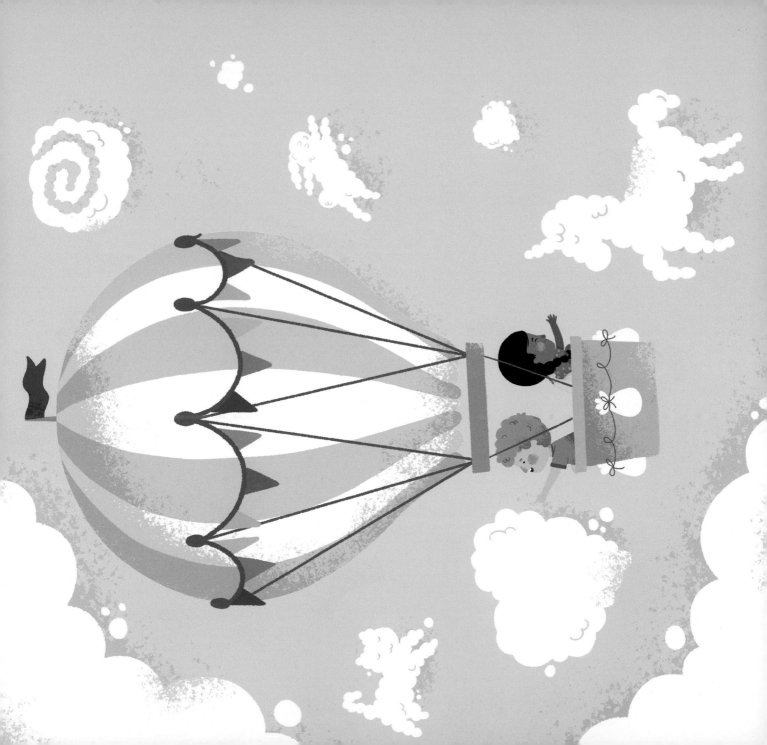

Love is white like the clouds,
always shifting and changing.

El amor es blanco como las nubes,
siempre moviéndose y cambiando.

Love is a rainbow, as colorful as us.
Love is you, me, and all of the colors we see.

El amor es un arcoiris, tan colorido como nosotros.
El amor eres tú, yo y todos los colores que vemos.

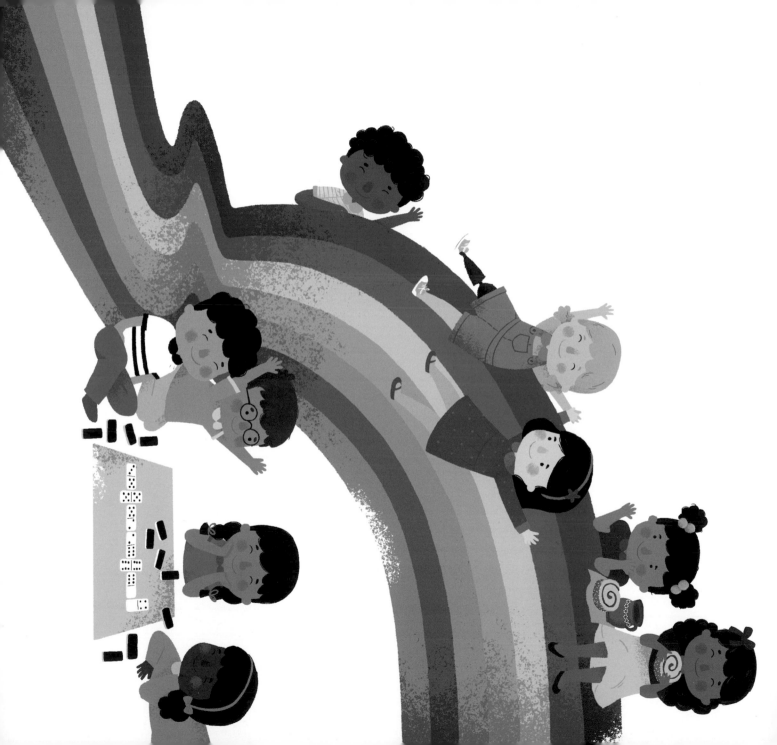

What color is your **love** today?

¿De qué color es tu **amor** hoy?

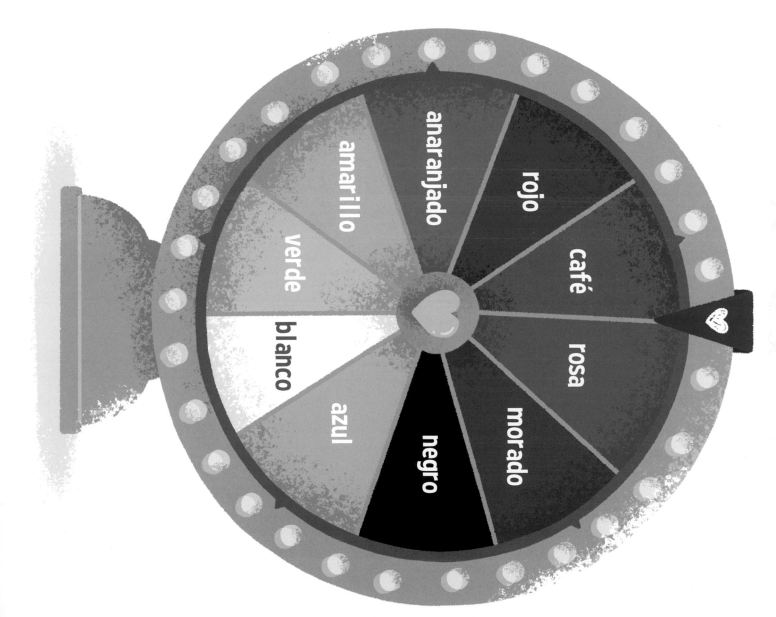